IL CALEIDOSCOPIO

Un caleidoscopio di racconti multigenere...

Aryan Majumder

Ukiyoto Publishing

Tutti i diritti di pubblicazione globali sono detenuti da

Ukiyoto Publishing

Pubblicato nel 2024

Contenuto Copyright © Aryan Majumder
Illustrato da SRAC

ISBN 9789367950432

Tutti i diritti sono riservati.
Nessuna parte di questa pubblicazione può essere riprodotta, trasmessa o memorizzata in un sistema di recupero, in qualsiasi forma e con qualsiasi mezzo, elettronico, meccanico, di fotocopiatura, di registrazione o altro, senza la previa autorizzazione dell'editore.

I diritti morali degli autori sono stati rivendicati.

Questa è un'opera di fantasia. Nomi, personaggi, aziende, luoghi, eventi, località e incidenti sono frutto dell'immaginazione dell'autore o utilizzati in modo fittizio. Qualsiasi somiglianza con persone reali, vive o morte, o con eventi reali è puramente casuale.

Questo libro viene venduto a condizione che non venga prestato, rivenduto, noleggiato o fatto circolare in altro modo, senza il preventivo consenso dell'editore, in una forma di rilegatura o copertina diversa da quella in cui è stato pubblicato.

www.ukiyoto.com

Questo libro è dedicato a mio nonno paterno che ho perso di recente. Era un lettore appassionato del mio lavoro e un sostenitore dei miei successi nella vita!

CONTENUTI

Il Tradimento	1
Il Cerchio Completo	7
Il Racconto del Cane	13
La scelta è vostra	21
Maledetto	27
Gli eroi di Tinkletown	33
Il macabro cimitero	39

Nelle strade poco illuminate di Tottenham, Greg infilava frettolosamente alcuni effetti personali in una piccola borsa, con l'urgenza alimentata dalla palpabile paura delle sinistre intenzioni della matrigna. L'ingente ricchezza lasciata dal defunto padre si era trasformata in un pericoloso faro, che attirava personaggi nefasti in agguato nell'ombra.

La decisione di lasciare la sua casa non è stata facile, ma la costante minaccia di fare del male lo ha costretto a fuggire. La paranoia lo attanagliava mentre usciva nella notte fredda, lanciando occhiate diffidenti alle sue spalle, aspettandosi che un killer a pagamento si materializzasse dall'oscurità.

Un autobus per Bristol sembrava una via di fuga ragionevole. Il ronzio ritmico del motore e il chiacchiericcio sommesso dei passeggeri davano una parvenza di normalità, ma l'ansia di Greg non faceva che aumentare. Si agitava sul sedile, scrutando nervosamente i volti intorno a lui, convinto che il pericolo incombesse a ogni chilometro che passava.

Accanto a lui era seduto un uomo anziano e gentile, con i lineamenti addolciti dall'età e dalla saggezza. I suoi occhi, tuttavia, avevano un'acuta consapevolezza che tradiva una vita segnata da esperienze che andavano al di là del mondano. Sentendo il peso di uno sguardo comprensivo, Greg non poté fare a meno di abbassare la guardia. L'anziano parlò con tono misurato, rivelando di essere un ex militare. Greg, alle prese con problemi di fiducia, condivise con cautela il racconto del suo infido viaggio.

L'anziano, di nome Harold, ascoltava con attenzione, la sua mente elaborava i dettagli della straziante prova di Greg. Mentre l'autobus procedeva, rimbombando nella notte, Harold contemplò la gravità della situazione. Con un cenno di comprensione, si avvicinò e propose un piano per superare la minaccia prevista.

"Perché andare direttamente a Bristol?", suggerì Harold, con la voce bassa. "Potremmo sbarcare a Thomson Village, un posto tranquillo fuori dai sentieri battuti. Potrebbe distogliere l'attenzione di chi vi sta seguendo, dandoci il tempo di rivalutare e strategizzare".

La disperazione gli si dipinse sul volto, Greg esitò ma alla fine annuì. La decisione era presa: sarebbero scesi dall'autobus a Thomson Village.

Il pittoresco villaggio li accolse con la sua quiete quando scesero dall'autobus. Un senso di sollievo pervase Greg, accompagnato da un cauto ottimismo. Harold, che sembrava conoscere bene la zona, lo guidò attraverso le stradine fino a raggiungere la sua modesta casa.

L'aroma del tè in infusione riempì l'aria mentre Harold preparava una pentola. L'interno accogliente offriva un netto contrasto con la paura che aveva cacciato Greg da casa sua. Seduti al tavolo della cucina, conversarono, condividendo frammenti delle loro vite. Per un momento, il peso del pericolo imminente si è alleggerito, sostituito da una parvenza di normalità.

Greg raccontò la storia della sua vita: dopo la morte della madre, il padre aveva sposato Matilda, una cacciatrice di dote. Raccontò di come si rese conto che qualcuno assunto da lei lo seguiva sempre e sentì Matilda parlare con qualcuno che progettava la sua esecuzione.

Harold ascoltò e, fuori dal contesto, ridacchiò cupamente. "Il tradimento è una questione di prospettiva, Greg. Ho visto la mia parte di gente disperata che cercava di sfuggire al proprio destino".

Gli occhi di Greg si allargarono in un misto di paura e confusione. Posò la tazza da cui stava sorseggiando il tè appena preparato. Harold si appoggiò a un tavolo vicino, con un atteggiamento disinvolto nonostante la gravità della situazione. "Lascia che ti racconti le storie del mio passato, Greg. L'avvelenamento, ragazzo mio, è un'arte, un mestiere da killer silenzioso".

"Vede, ci sono vari tipi di casi di avvelenamento che ho incontrato", iniziò Harold, camminando per la stanza. "Alcuni preferiscono i classici, come l'arsenico. Insapore e inodore, non lascia tracce. Altri preferiscono le tossine vegetali, una flora mortale proveniente dall'arsenale della natura".

Greg, con le forze in calo, ascoltava impotente mentre Harold continuava il suo macabro monologo.

"Ho visto casi in cui il veleno imita le malattie naturali, rendendo difficile individuarlo fino a quando non è troppo tardi", pensò Harold, con gli occhi che brillavano di un fascino malato. "Poi ci sono quelli che scelgono metodi non convenzionali, come il veleno di serpente o intrugli esotici che sfidano una facile diagnosi".

Greg, che ora faticava a tenere gli occhi aperti, riuscì a chiedere: "Perché mi stai dicendo questo?".

Harold fece un sorriso più ampio. "La conoscenza è potere, ragazzo mio. Mentre svanisci, consideriati uno studente della scuola dei veleni. Una lezione pagata a caro prezzo".

Mentre Harold continuava i suoi racconti morbosi, la vista di Greg si offuscò ulteriormente. La stanza divenne un disorientante caleidoscopio di ombre e la voce di Harold risuonò come se provenisse da una grande distanza.

Tuttavia, con il passare dei minuti, un'inquietudine si posò su Greg. Notò l'acuta osservazione di Harold, il modo in cui i suoi occhi indugiavano, studiando ogni sfumatura.

Mentre la conversazione scorreva, Greg non riusciva a liberarsi della sensazione che qualcosa non andasse. L'inquietudine si insinuò nello stomaco di Greg, spingendolo a dare un'occhiata intorno alla stanza in cerca di segni di pericolo. Harold, apparentemente consapevole del crescente sospetto di Greg, continuò a dialogare. Continuò a raccontare le sue imprese militari, intervallate da aneddoti della sua vita apparentemente ordinaria a Thomson Village. Il ticchettio di un orologio a muro riecheggiava nella stanza, amplificando a ogni secondo la tensione che aleggiava nell'aria. Cercando di mascherare il suo disagio, Greg bevve un ultimo sorso del tè che Harold gli aveva versato. Il calore fece ben poco per alleviare il brivido che gli saliva lungo la schiena.

Proprio mentre Greg pensava di scusarsi e cercare di alzarsi, Harold si avvicinò, con la voce bassa che tagliava il silenzio. "Credo che tu avessi ragione, Greg. Eri seguito, ma non da chi pensavi tu".

"Cosa vuoi dire?", squittì Greg.

Il cuore di Greg batteva forte nel petto mentre fissava Harold, con gli occhi pieni di incredulità e terrore. La stanza, un tempo un rifugio, ora sembrava una trappola che si chiudeva su di lui. Paralizzato dallo shock, Greg cercò di alzarsi dalla sedia, ma le sue membra lo tradirono. Richiamò le sue ultime riserve e tirò su il corpo cercando di spingere l'ultimo Harold. Dopo tutto era un uomo anziano, come poteva fermare Greg? Ma fu fermato dalla risatina di Harold... che disse: "Ragazzo mio, il mio lavoro è già finito. È triste che tu non abbia capito, quando ho parlato di veleno, che avevo modificato il tuo tè. Questo veleno, mia cara, ti toglierà la vita dolcemente senza causare troppo dolore". Matilda è stata così gentile da non chiedere un'esecuzione cruenta. Stai morendo Greg... le sensazioni che stai provando sono dovute al veleno letale che ho infuso. È più facile così, vedi, posso scavare il terreno e mettere il tuo corpo sotto e nessuno saprà dove sei sparito! Le mie tasche saranno piene in men che non si dica, figliolo. L'assassino che temevi", continuò Harold, assaporando il momento, 'non è altri che me'.

Capitolo 1: Echi del passato

Arjun Sharma, nato a Mumbai e fotografo di professione, è sempre stato attratto dal villaggio di Lyallpur. Ogni volta che si recava in Pakistan, dove la sua azienda aveva un'esposizione commerciale, visitava Lyallpur. Un inspiegabile senso di familiarità lo investiva, come se avesse percorso quelle strette stradine e respirato quell'aria fresca in una vita precedente. Il villaggio era famoso per aver dato i natali al martire Bhagat Singh. Un giorno, durante un servizio fotografico programmato a Lyallpur, mentre Arjun passeggiava per il villaggio con i suoi amici, un flash improvviso di scene iniziò a svolgersi davanti ai suoi occhi. Stava per perdere la testa a causa dei vividi flash di immagini che si susseguivano davanti ai suoi occhi come un flashback di un film. Era come se una porta dimenticata si fosse aperta, rivelando una camera nascosta nella sua mente. Le immagini di un tempo ormai lontano tornarono a galla. Si vide come un ragazzino che correva a piedi nudi per i campi, con le sue risate che risuonavano tra gli alberi. Si vide seduto accanto al pozzo del villaggio, ad ascoltare con attenzione le storie degli anziani. Questi ricordi erano così vividi, così reali, che ad Arjun sembrava di riviverli. Poteva quasi sentire la sua voce, le risate dei suoi amici, il dolce mormorio del vento tra le foglie. Mentre le scene davanti ai suoi occhi continuavano a svolgersi, Arjun si chiese se nella sua vita passata fosse stato un combattente per la libertà come Bhagat Singh.

Il caleidoscopio di scene suggeriva che aveva combattuto valorosamente contro il Raj britannico, con il cuore pieno di un ardente desiderio di indipendenza del suo Paese. Ma la sua vita era stata stroncata, i suoi sogni infranti da un crudele scherzo del destino. Era morto da martire, il suo nome era rimasto per sempre impresso negli annali della storia. Arjun rimase immobile sotto un albero di Banyan, chiedendosi se fosse rinato, se gli fosse stata data una seconda possibilità di vivere la vita che gli era stata negata. Ma se così fosse, il destino gli aveva giocato uno strano scherzo. Aveva dimenticato il suo passato, la sua identità. Mentre gli echi del passato riverberavano nella sua mente, Arjun provò un misto di emozioni. C'era un senso di meraviglia, un brivido di scoperta. Ma c'era anche un senso di perdita, una nostalgia per la vita che aveva vissuto un tempo. Era forse un complice del grande Bhagat Singh? Così Arjun iniziò un viaggio per svelare l'enigma del suo passato. Si addentrò nella storia di Lyallpur, alla ricerca di indizi che lo aiutassero a mettere insieme i frammenti della sua vita dimenticata.

Capitolo 2: Il villaggio di Deja Vu

La mente di Arjun correva mentre cercava di dare un senso ai vividi ricordi che avevano inondato la sua coscienza. Il villaggio di Lyallpur, con le sue strade acciottolate e i suoi antichi templi, gli sembrava allo stesso tempo familiare ed estraneo. Esplorò il villaggio con una nuova intensità, alla ricerca di indizi che potessero svelare i segreti del suo passato. Fece visita all'anziana del villaggio, una donna anziana che viveva a Lyallpur da generazioni. La donna ascoltò con attenzione la storia di Arjun, i suoi occhi scintillarono con un misto di curiosità e riconoscimento. "Figlio mio", disse dolcemente, "ho sentito parlare di un coraggioso eroe rivoluzionario che un tempo risiedeva proprio in queste terre. Si chiamava Bhagat Singh e combatté valorosamente contro gli inglesi". Il cuore di Arjun ebbe un sussulto. Poteva essere la reincarnazione di questa figura leggendaria? Le parole dell'anziano risuonavano con i frammenti di memoria che lo perseguitavano.

Approfondendo la storia di Lyallpur, Arjun scoprì che Bhagat Singh era stato un figlio amato del villaggio. Aveva condotto una vita di coraggio e sacrificio, ispirando gli abitanti del villaggio a lottare per la libertà. Ma il destino aveva in serbo una svolta crudele. Bhagat Singh voleva vendicare la morte di Lala Lajpat Rai ji, ma fu invece perseguito per l'uccisione di un giovane ufficiale di polizia britannico a causa di uno scambio di persona. Gli abitanti del villaggio avevano pianto profondamente la sua perdita, ma non avevano mai dimenticato la sua eredità. Arjun si sentiva profondamente legato a questa tragica storia. Più imparava a conoscere Bhagat Singh, più si riconosceva nello spirito dell'eroe. Il villaggio di Lyallpur, un tempo estraneo, ora gli sembrava una casa che cercava da tempo.

Capitolo 3: Svelare l'enigma

Arjun si addentrò nell'enigma del suo passato e si imbatté in una serie di indizi allettanti. Gli abitanti del villaggio, incuriositi dalla sua straordinaria familiarità con la loro storia, iniziarono a condividere le loro storie e leggende. Una donna anziana, nota come Amma, raccontò la storia di un valoroso Bhagat che era stato imprigionato durante il Raj britannico. Bhagat Singh era fuggito da Lahore dopo l'uccisione dell'ufficiale britannico e si era rifugiato a Kolkata, dove aveva vissuto in clandestinità fino a quando era riemerso e aveva lanciato una bomba contro l'Assemblea legislativa centrale di Delhi. Allora si era arreso. Arjun cercò i vecchi registri del carcere e scoprì una straordinaria somiglianza tra i suoi tratti somatici e una fotografia sbiadita di Bhagat Singh rasato. Le somiglianze erano sorprendenti, fino alla caratteristica cicatrice sulla guancia sinistra. Mentre Arjun metteva insieme i frammenti di informazioni, si rese conto di una cosa sorprendente. Era possibile che fosse la reincarnazione di Bhagat Singh stesso? Il pensiero lo riempì con un misto di timore e trepidazione.

Si confidò con i suoi amici, che inizialmente erano scettici ma che gradualmente arrivarono a credere alla sua straordinaria storia. Insieme, si sono imbarcati in una ricerca per scoprire la verità dietro la vita passata di Arjun. Hanno rivisitato la storia e letto i dettagli che descrivevano l'incrollabile patriottismo di Bhagat Singh, il suo sacrificio altruistico e la sua tragica fine. Mentre leggeva, Arjun provò un'ondata di emozioni travolgenti. Le parole sembravano risuonare nel profondo della sua anima, come se stessero confermando i suoi sospetti di lunga data. Con ogni nuova rivelazione, l'enigma del passato di Arjun cominciava lentamente a svelarsi. I frammenti di memoria, le strane somiglianze e le prove storiche indicavano una verità straordinaria: Arjun sentiva di essere davvero lo spirito rinato del leggendario combattente per la libertà del villaggio, Bhagat Singh.

Capitolo 4: I ricordi riaffiorano

I giorni diventarono settimane e le strane visioni e sensazioni di Arjun si intensificarono. Si rifiutava di tornare in città. Più tempo passava a Lyallpur, più i suoi ricordi diventavano vividi. Cominciò a ricordare eventi specifici, volti e conversazioni che sembravano appartenere a una vita vissuta molto tempo prima. Un pomeriggio, mentre era seduto accanto al pozzo del villaggio, una voce familiare lo colse. Era il suono di una giovane donna che cantava una canzone popolare tradizionale. Mentre la melodia lo inondava, un'ondata di nostalgia attraversò Arjun. Gli sembrava di conoscere la canzone a memoria, come se l'avesse cantata innumerevoli volte. La curiosità lo consumò e seguì il suono fino ad arrivare a un piccolo cottage. Fuori, una giovane donna era seduta su un charpoy, con le mani che pizzicavano abilmente un'ektara. La sua voce era dolce e chiara e portava con sé la stessa struggente melodia che aveva scatenato i suoi ricordi. Quando Arjun le si avvicinò, la donna alzò lo sguardo, allargando gli occhi per la sorpresa. "Ti conosco?", chiese, con la voce che tremava leggermente. Arjun la fissò, con il cuore che gli batteva nel petto. I suoi lineamenti erano sconosciuti, eppure qualcosa di lei sembrava così profondamente radicato nella sua memoria. "Non credo", rispose, la sua voce era appena un sussurro. "Ma sento che dovrei farlo. "La donna sorrise, con un accenno di riconoscimento negli occhi. "Mi chiamo Durga", disse. "La mia famiglia vive in questo villaggio da generazioni". La mente di Arjun si affannava nel tentativo di dare un senso alla situazione. Era possibile che avesse conosciuto Durga nella sua vita passata? Il pensiero lo riempì di uno strano mix di eccitazione e trepidazione. Questa donna poteva essere Durgawati Devi, che si era spacciata per la moglie di Bhagat Singh e lo aveva aiutato a rifugiarsi dopo l'omicidio dell'ufficiale Saunder? La valorosa signora era stata lei stessa una combattente per la libertà. Questa giovane donna potrebbe essere la stessa reincarnata come lui. I ricordi che lo perseguitavano non erano solo frammenti di un passato dimenticato, ma un legame con una vita già vissuta. Tuttavia, una volta interrotta la sua fantasticheria, vide che non c'era nessuno di fronte a lui e che si trovava da solo, come se la conversazione con la giovane donna fosse solo frutto della sua immaginazione. Fu immediatamente assalito dalle immagini di un giovane che lanciava bombe nell'assemblea e sentì dei brividi lungo la schiena,

Capitolo 5: La vera identità svelata

Arjun costrinse la sua mente a mettere insieme i frammenti della sua vita passata. Le immagini che gli erano balenate nella mente non erano semplici allucinazioni; erano echi di un tempo in cui era stato davvero il leggendario Bhagat Singh, che combatteva per l'indipendenza del suo amato Paese. Aveva assistito a innumerevoli orrori durante la lotta, ma il suo spirito era rimasto intatto. Tuttavia, il destino aveva in serbo per lui un crudele colpo di scena. Dopo essersi arreso agli inglesi, fu processato in tribunale e impiccato fino alla morte dal Raj britannico per l'omicidio dell'ufficiale P. Sauders. Mentre la sua vita si consumava, aveva espresso un desiderio sincero: rinascere nell'India libera e continuare a lottare per la giustizia. A insaputa di Arjun, il suo desiderio era stato esaudito. Si era reincarnato in un uomo comune nel presente, ma i ricordi della sua vita passata erano sopiti dentro di lui. Quando la verità si rivelò ad Arjun, egli provò un profondo senso di soggezione e di destino. Si rese conto che il suo inspiegabile legame con Lyallpur, in Pakistan, non era una coincidenza: era il villaggio dove Bhagat Singh aveva trascorso la sua infanzia. Le persone che aveva incontrato e le esperienze che aveva condiviso lì erano tutti echi della sua vita precedente. Una volta rivelata la sua identità, Arjun intraprese una nuova missione. Si dedicò a onorare l'eredità di Bhagat Singh e a continuare la lotta per una società giusta ed equa. Ha usato le sue nuove conoscenze e intuizioni per ispirare gli altri e ricordare loro i sacrifici fatti da coloro che avevano aperto la strada alla loro libertà. Così, Arjun Sharma, con lo spirito indomito dei combattenti per la libertà indiani che avevano lottato per un domani migliore, decise di lavorare per lo sviluppo rurale. Decise di unirsi a una ONG e di cercare di aiutare i poveri, gli indigenti e le popolazioni marginali ad avere una vita migliore attraverso approcci di auto-aiuto e cooperativi, proprio come avrebbe voluto Bhagat Singh, se fosse vissuto per vedere l'India indipendente nel 1947. La vita aveva chiuso il cerchio per un valoroso figlio della terra.

il racconto del cane

Nella vivace città di Pawington, gli animali dominano le strade mentre gli umani sono i loro fedeli animali domestici. Era un mondo capovolto, dove cani, gatti e persino uccelli occupavano posizioni di potere e autorità. Tra questi c'era Fido, un intelligente cocker spaniel con la capacità di risolvere i misteri della città.

Fido era conosciuto in tutto il mondo per la sua arguzia e il suo fiuto. Aveva la reputazione di essere in grado di fiutare i guai prima che chiunque altro ne conoscesse l'esistenza. La sua proprietaria, la signora Whiskers, era una ricca gatta siamese che aveva preso in simpatia il piccolo e coraggioso spaniel e lo aveva nominato suo detective personale.

Un giorno, mentre Fido si rilassava al sole fuori dalla lussuosa dimora della signora Whiskers, uno scoiattolo frenetico gli si avvicinò di corsa, cinguettando in preda all'angoscia. "Fido, Fido, devi aiutarci! Qualcuno ha rubato tutte le ghiande del parco!".

Le orecchie di Fido si drizzarono alla notizia. Sapeva che il parco era il luogo di ritrovo preferito dagli animali della città e il furto delle ghiande avrebbe sicuramente provocato il caos. Senza esitare, si mise in azione, con il naso teso che seguiva l'odore delle noci rubate.

Mentre attraversava la città, Fido interrogò gli altri animali che incrociava, raccogliendo indizi e ricomponendo il puzzle. Ben presto scoprì che dietro al furto c'era un procione dispettoso di nome Bandito. Bandito aveva accumulato le ghiande nella sua tana, progettando di venderle per ricavarne un lauto guadagno.

Fido non perse tempo a rintracciare il nascondiglio di Bandit, dove trovò il procione circondato da mucchi di ghiande rubate. Abbaiando e ringhiando, Fido affrontò Bandit, chiedendogli di restituire le ghiande ai legittimi proprietari.

Bandito cercò di opporre resistenza, ma Fido era troppo veloce e intelligente per lui. Con qualche abbaio ben piazzato e un po' di intimidazione, riuscì a convincere Bandito a consegnare le ghiande rubate e a promettere di non rubare mai più. Gli animali di Pawington gioirono per il successo di Fido e organizzarono una grande festa in suo onore. La signora Whiskers era particolarmente orgogliosa del suo abile investigatore e lo riempiva di lodi e di complimenti.

Ma Fido sapeva che il suo lavoro non era mai finito. Finché ci fossero stati misteri da risolvere e ingiustizie da riparare, lui sarebbe stato lì, pronto a fiutare la verità e a portar giustizia nella città di Pawington. E così, l'intelligente cocker spaniel continuò le sue avventure, risolvendo misteri e mantenendo la pace in un mondo in cui gli animali regnavano e gli umani erano i loro fedeli animali domestici.

Pochi giorni dopo...

Nella città di Petropolis, gli imponenti edifici sono occupati da una variegata comunità di animali, ognuno con un proprio ruolo da svolgere. Le strade sono piene di attività, mentre i gatti si affannano nelle loro missioni, gli uccelli volano in alto e i cani come Fido possono essere visti portare a spasso i loro "animali domestici" umani. Fido, un cane grande e fedele, sorveglia i suoi compagni umani con senso del dovere e protezione, con i suoi occhi acuti che non si lasciano sfuggire nulla mentre si erge a protettore autoproclamato della città. Nonostante la sua vigilanza, Fido è tormentato da una recente ondata di rapimenti che ha lasciato la città nella paura, soprattutto dopo che un amato cucciolo di una famiglia vicina è scomparso in circostanze misteriose, portando l'ansia della città a nuove vette.

L'aria tesa che si respira a Petropolis raggiunge un punto di rottura quando si diffonde a macchia d'olio la notizia che gli spericolati topi Thunder hanno rapito una cucciolata di cuccioli innocenti. Lo sceriffo, un bulldog burbero e spietato, non sa che pesci pigliare e dichiara il caso irrisolvibile. Ma il cuore di Fido si stringe alle grida della madre disperata dei cuccioli e, con un bagliore determinato negli occhi, decide di prendere in mano la situazione. È arrivato il momento per Fido di uscire dall'ombra e di entrare sotto i riflettori, pronto a dare prova di sé e a salvare la situazione, intraprendendo un viaggio insidioso per rintracciare il vile colpevole.

Proprio quando Fido comincia a nutrire un barlume di speranza dopo aver scoperto una potenziale pista che porta ai Topi del Tuono, una rivelazione scioccante manda in frantumi la sua fiducia. I delinquenti della città, guidati da un astuto serpente in giacca e cravatta, sono ora sulle sue tracce, con l'obiettivo di metterlo a tacere e insabbiare la verità. Il momento di presunta vittoria di Fido nell'identificare i rapitori si è trasformato in un pericoloso gioco del gatto e del topo, mettendo in pericolo non solo i cuccioli scomparsi, ma anche la sua stessa vita.

Man mano che Fido si addentra nel mistero, diventa dolorosamente chiaro che la città che pensava di conoscere nasconde forze oscure e sinistre. A ogni passo che compie, il cappio si stringe intorno al suo collo, lasciandolo con meno alleati di cui fidarsi e senza un posto dove chiedere aiuto. La morsa del nemico su Powerout Alley, il cuore oscuro del ventre criminale, si stringe, lasciando Fido isolato e vulnerabile, di fronte a minacce da ogni parte.

In un tradimento straziante, il più caro amico di Fido, un'astuta volpe di nome Sly, cede alla seduzione del potere e cambia schieramento, conducendo i rapitori dritti alla porta di casa dell'esausto Fido, pronti a porre fine alla sua nobile missione una volta per tutte. Con il tempo che scorre e l'oscurità che incombe, a Fido non resta altro che il suo ingegno e la sua incrollabile determinazione, mentre si trova sull'orlo della vera sconfitta, con il peso dei suoi fallimenti che grava sulle sue spalle come un pesante sudario di disperazione.

Nel momento più buio, Fido incontra per caso un vecchio gufo saggio, un oracolo della verità che gli impartisce la preziosa lezione che il coraggio e la compassione sono i motori che alimentano il cuore di un eroe. Grazie a un ritrovato senso dello scopo e a un profondo pozzo di forza interiore, Fido risorge dalle ceneri della sua disperazione, con lo spirito intatto e la determinazione incrollabile. Con i suoi fedeli compagni, gli intraprendenti scoiattoli e i furtivi procioni, al suo fianco, Fido elabora un audace piano per sconfiggere i rapitori e liberare i cuccioli tremanti dalle loro grinfie.

Finale

La decisiva resa dei conti tra il bene e il male si svolge nel cuore di Powerout Alley, quando Fido, alimentato dalla sua giusta furia e dal suo risoluto coraggio, affronta il tirannico serpente e i suoi scagnozzi in una battaglia di volontà. Grazie a strategie intelligenti, all'aiuto di nuovi alleati e a un tocco di commovente ingenuità, Fido supera i cattivi e ne esce vittorioso, diventando un eroe agli occhi della città, sia animale che umana. Mentre il sole tramonta all'orizzonte, dipingendo il cielo con toni di trionfo e speranza, l'abbaiare di Fido risuona in un coro trionfale, con le strade di Petropolis che si animano di applausi e lodi per il loro indomito protettore. Il legame tra gli animali e i loro "animali domestici" umani si rafforza e Fido, alto e fiero, sa che il suo coraggio e la sua incrollabile determinazione hanno salvato non solo i cuccioli, ma lo spirito stesso della città.
Passarono pochi mesi e poi...

Il cocker spaniel Fido era sempre stato un cane curioso e avventuroso. Adorava esplorare la città dove gli animali regnavano sovrani, dove i gatti oziavano nei caffè e gli uccelli volavano liberi nel cielo. Ma un giorno Fido si imbatté in un mistero che avrebbe cambiato la sua vita per sempre.

Mentre camminava per le strade affollate, Fido notò un gruppo di scoiattoli che bisbigliavano tra loro in un vicolo buio. Incuriosito, decise di seguirli. Gli scoiattoli lo condussero in un tunnel sotterraneo nascosto, dove vide un gruppo di topi rannicchiati, dall'aria nervosa.

"Cosa sta succedendo qui?" Fido abbaiò, scodinzolando per l'eccitazione.

I topi si guardarono l'un l'altro, incerti su cosa dire. Alla fine uno di loro parlò. "Siamo nei guai, Fido. I gatti sono scomparsi uno dopo l'altro e temiamo di essere i prossimi".

Il cuore di Fido batteva forte per la paura. Sapeva di dover fare qualcosa per aiutare i suoi simili. "Andrò fino in fondo", dichiarò, con la determinazione che gli brillava negli occhi.

Con l'aiuto dei suoi amici, un vecchio gufo saggio e un procione dispettoso, Fido si mise a scoprire la verità dietro le misteriose sparizioni. Seguono gli indizi e interrogano i sospetti, schivando ogni pericolo.

Approfondendo il mistero, Fido si rese conto che il colpevole non era altro che un'astuta volpe che aveva rapito i gatti per venderli a un ricco collezionista. Con un piano ben preciso, Fido e i suoi amici tendono una trappola alla volpe, dando vita a un emozionante inseguimento per le strade della città.

Alla fine, Fido e i suoi amici riuscirono a catturare la volpe e a salvare i gatti scomparsi. La città scoppiò in un'esplosione di applausi, mentre Fido veniva acclamato come un eroe: il suo coraggio e la sua prontezza di riflessi avevano salvato la situazione. Mentre si crogiolava nell'adorazione dei suoi simili, Fido sapeva che era destinato a vivere altre avventure nella città dove gli animali regnavano sovrani. E non vedeva l'ora di scoprire quali misteri lo attendevano.

Passò un anno quando Pawington e Petrapole furono nuovamente scosse da un crimine...

Fido, come sempre, era conosciuto in tutto il regno animale per la sua arguzia e il suo fiuto. Era sempre pronto ad aiutare i suoi simili in difficoltà. Un giorno, un terribile crimine scosse il mondo animale. L'amato re leone, Leo, fu trovato morto nella sua tana. Gli animali erano in stato di shock e confusione. Chi poteva aver commesso un atto così atroce?

Fido sapeva di dover fare qualcosa per risolvere il mistero e consegnare il colpevole alla giustizia. Si mise alla ricerca della verità, usando il suo olfatto acuto per fiutare gli indizi e la sua prontezza di riflessi per ricomporre il puzzle.

Approfondendo le indagini, Fido scoprì che c'erano molti animali che volevano fare del male al re leone. Dalle iene gelose agli elefanti assetati di potere, i sospetti erano numerosi e la pista era fredda.

Ma Fido era determinato a risolvere il caso. Con l'aiuto dei suoi amici, un vecchio gufo saggio e una scimmia dispettosa, seguì gli indizi fino al cuore del mistero. E in un climax emozionante, Fido ha finalmente svelato il vero colpevole dell'omicidio di Leo.

Il mondo animale rimase sbalordito dal coraggio e dall'intelligenza di Fido. Fido divenne un personaggio sensazionale, acclamato come un eroe da tutte le creature del regno. Il nome di Fido fu conosciuto in lungo e in largo e fu celebrato come il più grande detective del mondo animale.

E così, Fido il cocker spaniel aveva risolto il mistero dell'omicidio che aveva sconcertato il regno animale. Con la sua prontezza di spirito e i suoi sensi acuti, aveva dimostrato che anche la più piccola delle creature poteva fare una grande differenza nel mondo. E la sua storia sarebbe stata raccontata per le generazioni a venire, ispirando gli animali di tutto il mondo a seguire le sue orme.

Il grande stratega Acharya Chanakya disse: "Dietro ogni amicizia c'è un interesse personale. Non c'è amicizia senza interessi personali. Questa è un'amara verità".

"Acharya, questo significa che non esiste nulla che si chiami vera amicizia?", chiese il re Chandragupta. "Mio Signore, dovete scegliere i vostri amici con saggezza e non rivelare mai i vostri piani a nessuno, in qualsiasi forma o aspetto. L'amicizia è un nome glorioso dato alle relazioni congeniali per far fruttare i propri interessi".

Era il mio primo giorno all'Università dell'Hertfordshire a Hatfield. Essere un indiano, in mezzo a tutta questa gente del Regno Unito... è stata dura. Mi sono trasferita ad Hatfield a 14 anni da Calcutta... mio padre si era trasferito. Crescere in questo modo nel bel mezzo del Regno Unito... anche negli anni dell'adolescenza è stato un po' difficile. Ho sempre avuto interessi diversi da quelli dei ragazzi inglesi del nord presenti qui. Non sono mai stato interessato al rugby o al calcio... li trovavo troppo fisici. Non mi è mai piaciuto fare festa come loro... invece preferivo leggere un libro. Ero completamente diverso da loro... e questo è l'unico motivo per cui non avevo amici. Ma sì... tornando all'argomento... oggi era il primo giorno dell'anno. Non ero molto eccitato, ad essere sincero. Come al solito non avevo amici! E avrei dovuto affrontare tutto l'anno a fatica. Fu allora che vidi Sameer per la prima volta. Era un ragazzo alto, abbronzato, con i capelli ricci e gli occhiali. Era seduto in un angolo della classe, probabilmente era troppo timido per parlare e non aveva amici. La cosa che mi colpì di più fu che non era originario del Regno Unito. Decisi quindi di andare a parlare con lui.

"Ehi", dissi avvicinandomi a lui. Sameer mi guardò con aria assente.

"Mi chiamo Karan", dissi.

"Bel nome", rispose. Probabilmente non aveva capito che volevo iniziare una conversazione con lui.

"Come ti chiami?" Chiesi.

"Sameer" rispose un po' impacciato. Vedendo il suo imbarazzo, capii il suo problema. "Posso sedermi accanto a te?" Gli chiesi. Dopo la sua affermazione, gli chiesi: "Senti amico... sembra che entrambi abbiamo lo stesso problema, cioè fare amicizia! Quindi, aiutiamoci a vicenda". Sameer sorrise. "Allora perché sei così formale?". "Non ho mai avuto amici prima d'ora... quindi abbiate pazienza", dissi. "C'è una prima volta per tutto, credo". Da quel momento in poi iniziammo a parlare. Abbiamo parlato fino alla fine delle lezioni. I ragazzi diventano amici così presto. Venni a sapere che Sameer viveva originariamente a Watford, ma aveva dovuto trasferirsi qui per alcuni motivi. Era un po' debole negli studi. Ma in qualche modo se la cavava lo stesso.

Entrambi avevamo gli stessi genitori marroni ortodossi, quindi avevamo gli stessi problemi. Ero orgoglioso di me stesso pensando che finalmente mi ero fatto un amico. E per coincidenza, abitava a soli tre isolati da me! Questo era sicuramente un vantaggio per me. Tuttavia, una volta non potei andare a scuola per due o tre giorni, perché ero malato. Il giorno dopo, quando ci andai, vidi che Sameer si era fatto dei nuovi amici! Quando sono entrato nel corridoio, mi ha visto e mi ha chiesto della mia salute. "Sto bene, non preoccuparti", risposi. "Comunque, fratello... vieni a conoscere i miei nuovi amici" rispose Sameer. Lo seguii fino agli armadietti. Lì vidi Bryan, Coby e Ash. Tutti loro erano i ragazzi più popolari della scuola. Non avevo mai parlato con loro. "Questo è il mio migliore amico Karan", disse Sameer. In qualche modo, quella frase mi diede fiducia. Nessuno mi aveva mai dato dell'amico e, sentendo questa frase, mi sono sentito sicuro di me stesso. Bryan rispose: "Non ho visto il tuo cosiddetto migliore amico fare sport". Presi in mano la situazione dicendo: "Beh, io gioco a cricket, ma non c'è una squadra scolastica per questo sport". "Il cricket? Quello è per i bambini", disse Coby. La campanella suonò e tutti andammo in classe.

Pensai tutto il giorno a quel tormentone "boomer". Significava che non ero un amico che Sameer meritava? Sameer lesse in qualche modo la mia espressione e mi disse: "Non preoccuparti Karan, sei il mio migliore amico... non mi interessa quello che dicono gli altri". Finalmente avevo un amico che meritavo.

Era giunto il momento di aggiornarmi. Ho iniziato a indossare giacche e maglioni eleganti al posto delle t-shirt. Ho cambiato completamente il mio stile. Ho buttato via i miei occhiali da nerd e ho comprato una nuova montatura. Ho iniziato a esplorare nuove acconciature... e soprattutto ho iniziato a parlare con le persone.

Sono uscita completamente dalla mia vecchia zona. Dopo qualche giorno ho rivisto Bryan e il suo gruppo. Mi si consenta di dirlo... ma a scuola erano più popolari di Michael Jackson stesso. In questo momento mi sono migliorato e avevo solo bisogno di amici. Così chiesi a Sameer di presentarmeli, in modo da poter parlare anche con loro. Sameer accettò e mi presentò al loro gruppo.

A quel punto Sameer era diventato molto amico di Bryan e dei suoi amici. Non fraintendetemi, ma ero un po' geloso. Il mio migliore amico era amico dei ragazzi più popolari della scuola e io ero qui a non fare niente.
Questo mi colpì molto. E poi... ho fatto qualcosa. Qualcosa di maligno. L'astuzia dei furbi avrebbe potuto fare questo... e io!

Dopo aver conosciuto Bryan, alias il ragazzo popolare, ho iniziato a frequentarlo spesso. Avevo smesso di frequentare Sameer e gli davo sempre delle scuse. Mi sono anche unita al gruppo scolastico popolare di cui tutti parlavano.

Poi arrivò gennaio, quando il college ospitò una festa. Ovviamente, anche quest'anno ne organizzarono una. Tutti erano eccitati. Come al solito Bryan e i suoi amici stavano per mettere in scena qualche atto famigerato. Quando glielo chiesi, mi disse: "Oh, ho già detto a Sameer del piano. Chiedigli di informare anche te". Anche in questo caso ero un po' geloso. Sameer era più amico loro di me. Ma ho sentito comunque il piano. Stavano per cambiare la musica tranquilla del festival con una musica lasciva e stavano per alterare le luci della discoteca durante la nostra esibizione universitaria. Era tutto pronto.

Ma Sameer sembrava contrario al piano. "Distruggere la reputazione del college per un atto così stupido davanti a migliaia di persone non è divertente... Almeno io non lo trovo tale". Sono rimasto sorpreso nel sentire questa frase. Lo diceva Sameer, un ragazzo che, come me, non sembrava avere mai il coraggio di mettersi contro i più forti.

Arrivò il giorno della festa. Bryan e i suoi amici portarono a termine entrambi i loro numeri alla perfezione. Il nostro college fu umiliato e decise di non ospitare nessun festino per i prossimi due anni. Tutti nel gruppo sorridevano, tranne Sameer. Poi accadde qualcosa di sconvolgente. Un anonimo su Gmail ha inviato un video all'amministrazione del college. Un video che mostrava Bryan, Coby e altri che cambiavano la musica e manomettevano il sistema di illuminazione. Tutti loro sono stati immediatamente scoperti e sospesi per due settimane. "Quando troverò il pazzo che ha fatto questo... lo scuoierò vivo", disse Bryan.

Quel giorno mi sentivo solo mentre facevo lezione e pensai a Sameer. Dopo aver incontrato Bryan, l'avevo forse usato a mio vantaggio? Continuai a pensarlo per tutto il giorno. Non frequentava le lezioni, ma la sera Sameer mi mandò un messaggio. Mi ha scritto: "Non crederai a quello che ho fatto"! Mi ha mandato degli screenshot di quando inviava all'ufficio del college lo stesso video che aveva condannato Bryan e la squadra. QUINDI È STATO LUI? HA PRESO I VIDEO?

Avevo due opzioni: o tacere e apprezzare i miei migliori amici o fare la spia. Una cosa era chiara: se avessi inviato questi screenshot a Bryan, non solo avrebbe tagliato fuori Sameer, ma avrebbe anche stretto amicizia con me, visto che lo avevo aiutato, e sarei diventato uno dei ragazzi più in vista. Avrei attirato l'attenzione di così tante persone! Ma... sarei stata egoista nel farlo? Stavo pensando troppo? Avevo dei ripensamenti? Ero confusa. Non sapevo cosa fare. Non potevo certo fare la spia sul mio primo e unico migliore amico, giusto? Mi aveva fatto conoscere delle persone. Mi ha fatto cambiare. Non potevo certo metterlo nei guai.

Finalmente presi la mia decisione. Presto divenni un amico fisso nel gruppo di amici di Bryan. Divenni popolare. Molto popolare. Bryan picchiò pesantemente Sameer. Sameer mi chiamò e mi mandò messaggi più volte... Io lo bloccai. Venne a casa mia, ma lo cacciai via. La sua reputazione a scuola era rovinata. D'altra parte... la mia reputazione era come quella di Monarch. Beh, sono ancora colpevole della mia decisione... di quello che ho fatto. Ma questo è un segreto, lo so solo io. Quindi, sono una brava persona di fronte alla gente, giusto?

La domanda del secolo dovrebbe essere... Gli spiriti esistono? No, ovviamente. Ma c'è energia negativa dentro e intorno a noi? Questo non è spiegabile. Ma una cosa che mi è successa in quel disordine dell'India del Nord... sarà sempre un enigma per me, visto che ricordo a memoria ogni singolo dettaglio.

Mi trovavo in Haryana, l'ex Kurukshetra, per frequentare il secondo anno di università.

Ero appena tornato dalle vacanze. Ma il mio amico Shiv non era ancora tornato. Così, per i primi giorni mi sentii solo. Una domenica a caso, Krish mi telefonò. Voleva passare la giornata nella mia stanza a rilassarsi. E io accettai. Krish era un amico di Shiv e noi tre eravamo diventati molto amici. Krish viveva in un altro ostello. Quindi non potevamo stare sempre insieme. Quel giorno avevamo programmato di guardare un film e di ordinare del cibo più tardi.

Krish arrivò più tardi dell'orario promesso e ordinò tutto il cibo da solo. Ero sorpreso di come all'improvviso avesse così tanti soldi. Quando glielo chiesi, esclamò: "Oh ragazzi, questo ragazzo deve essere un detective ovunque! Te ne parlerò più tardi". Non volevo chiedere di più. Oh, e questo riferimento all'essere un detective era dovuto al fatto che in realtà sono interessato a diventare un detective. Ma non per gli esseri umani.

L'energia negativa mi affascina da quando ero bambino. Sono sempre stato interessato a conoscere queste cose paranormali. Ho fatto molti tentativi per incontrare i cosiddetti "spiriti" alle 3 del mattino... ma l'unica cosa che incontravo erano sempre insetti. Finora non ero mai riuscito a fare un'esperienza del genere. Ma non ho mai perso la speranza.
Io e Krish stavamo cenando. Come al solito eravamo a corto di argomenti di cui parlare. Il film era finito. "Oyeh" disse Krish "andiamo fuori e mangiamo sotto quell'albero. Sarebbe una bella sensazione". Indicò l'albero che era fuori da tutta la nostra confusione e che incombeva minaccioso sul terreno.

Lasciate che vi dica una cosa. Alle persone che vivono qui non è mai stato permesso di uscire dopo le 19.00 e il padrone di casa si arrabbiava molto se lo facevamo. Ma questa volta abbiamo infranto la regola perché non ci importava molto. Non sapevo che questo avrebbe causato una svolta casuale degli eventi che avrebbe influenzato i successivi 2-3 anni della mia vita.

Io e Krish eravamo seduti sotto l'albero di Peepal. Stavamo mangiando il nostro thali. Krish improvvisamente disse: "Yo Krish... pensi che questo albero sia infestato dagli spiriti?".

Krish mi prendeva sempre in giro per la mia ossessione per gli spiriti. Così, mi sono prestato al gioco. "Beh, forse... c'è qualcosa... o qualcuno qui... Non osare prenderli in giro".

Krish scoppiò in una risata. "Se lo dice lei, signor Acchiappafantasmi... allora le obbedirò sicuramente". Si avvicinò all'albero e guardò in alto, poi disse: "Ehi tu... O chiunque sia presente... ti sfido a venire a punirmi per i miei peccati! Ohhh mio Dio, verrai avvolto in un lenzuolo bianco? Oh mio Dio, griderai come nel film "Conjuring"?". Krish gettò il suo piatto avanzato ai piedi dell'albero e disse: "Vieni a punirmi codardo hoooo".

Non mi è piaciuta questa azione di Krish. "Smettila con le tue sciocchezze, Krish...". Prima che potessi completare la frase, il nostro padrone di casa uscì e gridò: "Non vi avevo detto di non uscire dopo le 19? Andate nelle vostre stanze tutti e due", disse. Krish se ne andò in bicicletta e anch'io andai in camera mia, disturbato e assonnato.

Il giorno successivo trascorse velocemente. La sera, verso le 23, stavo guardando un film, quando improvvisamente sentii bussare alla porta. Pensai tra me e me: "Oh, Shiv è finalmente tornato". Andai ad aprire la porta, ma improvvisamente mi ricordai che Shiv mi aveva scritto la sera che sarebbe tornato due giorni dopo. E nessuno nella zona mi conosceva. Quindi, chi era questo?

Guardai dal buco della serratura e non vidi nessuno. Tornai a guardare il mio film e poi sentii bussare di nuovo. Lo ignorai pensando che qualcuno stesse facendo uno scherzo. Ma sentii bussare di nuovo. Irritato... chiamai prantik che viveva nella stessa casa. La sua stanza era perpendicolare alla nostra e dalla sua si poteva vedere la porta della mia stanza. Lo chiamai al telefono e gli dissi: "Ehi, puoi controllare se c'è qualcuno alla mia porta?". Lui ha fatto come richiesto e ha detto: "No, non vedo nessuno qui". A questo punto mi sono ricordato dei 3 colpi della morte. Ero spaventata e andai a dormire afferrando il medaglione che mi aveva regalato mia madre. C'era l'immagine di Dio Krishna e mi addormentai.

Il giorno dopo mi svegliai con la voce di Shiv che bussava letteralmente alla porta. "Sei morto o cosa? Apri la porta, imbecille!". Aprii la porta e vidi Shiv. "Stavi dormendo con le orecchie tappate?", disse Shiv ridendo. "Perché sei tornato prima?" Gli chiesi. "Oh, ho lasciato qui alcune mie cose. Le riprenderò e tornerò dopo un paio di settimane". Shiv sarebbe partito quella sera. Quindi, avevamo programmato di passare la giornata insieme. Chiamammo Krish, ma non rispose. Mentre eravamo al brunch, gli raccontai dell'incidente dell'albero di Peepal. Ma Shiv è diventato improvvisamente serio. "Senti imbecille, so che sei stupido ma non essere così stupido, dovresti seguire gli ordini del padrone di casa". "Ehi Shiv, perché sei così serio?". Chiesi, sorpreso. Non l'avevo mai visto così arrabbiato. Shiv disse: "Senti, non posso spiegarti nulla in questo momento... ma conosco più persone di te in questo casino. Solo... Sii prudente".

Quella sera tornai nella nostra stanza da solo e tutti questi pensieri mi frullavano in testa, ma cercai comunque di addormentarmi.

Il giorno dopo mi svegliai con la voce di Shiv che bussava letteralmente alla porta. "Sei morto o cosa? Apri la porta, imbecille!".

Aprii la porta e vidi Shiv. "Stavi dormendo con le orecchie tappate?", disse Shiv ridendo.

"Perché sei tornato prima?" Gli chiesi. "Oh, ho lasciato qui alcune mie cose. Le riprenderò e tornerò dopo un paio di settimane". Shiv sarebbe partito quella sera. Quindi, avevamo programmato di passare la giornata insieme. Chiamammo Krish, ma non rispose. Mentre eravamo al brunch, gli raccontai dell'incidente dell'albero di Peepal. Ma Shiv è diventato improvvisamente serio. "Senti imbecille, so che sei stupido ma non essere così stupido, dovresti seguire gli ordini del padrone di casa". "Ehi Shiv, perché sei così serio?". Chiesi, sorpreso. Non l'avevo mai visto così arrabbiato. Shiv disse: "Senti, non posso spiegarti nulla in questo momento... ma conosco più persone di te in questo casino. Solo... Sii prudente".

Quella sera tornai nella nostra stanza da solo, con tutti questi pensieri che mi frullavano in testa, ma cercai comunque di addormentarmi.

Fui svegliato da un colpo alle 2 del mattino. "Rahul... Rahul, per favore apri la porta", disse Shiv. "Arrivo" risposi. Mi lavai il viso e mi avvicinai alla porta per aprirla. Ma poi... improvvisamente mi ricordai di una cosa. Il suo treno era già partito. Era salito davanti a me. Non poteva tornare così in fretta e anche se lo avesse fatto, non mi avrebbe chiamato per nome. Mi chiama "imbecille". Mi bloccai sul posto mentre i colpi si facevano più pesanti. Tornai al mio letto... e mi tirai la coperta sopra la testa. Presi in mano il mio medaglione di Krishna. Mi sedetti in piedi nel letto con la testa coperta e cominciai a recitare le preghiere. Poi, all'improvviso, sentii bussare alla porta della mia camera in modo diverso. Era pesante e una voce che non sembrava altro che una voce bellicosa diceva "apri la porta".

All'improvviso sentii il mio corpo sfuggire al mio controllo. Le mie gambe si mossero, mi alzai come un robot e aprii la porta.
Non riesco ancora a dimenticare ciò che ho visto. Vidi qualcuno, che non era chiaramente né un fantasma né un umano, una presenza minacciosa proveniente da un'altra epoca...

"Non avresti dovuto sfidare i poteri dell'albero di Peepal, figlia mia. Il tuo amico non avrebbe dovuto. Pagherà per i suoi peccati. E tu, bambina mia, la tua ossessione e la tua eccitazione per queste cose svaniranno. Ricorderai sempre questa notte, ma non sarai mai in grado di raccontarla. Ora, so cosa state pensando! Chi sono io? Sono l'immortale... il guerriero maledetto... hai sentito parlare di me nelle storie, io sono mio figlio... Ashwathama".

Il mattino seguente Krish fu trovato morto nella sua stanza. Durante le indagini si scoprì che era un truffatore di criptovalute. Le sue malefatte erano state divulgate da un anonimo. Non c'è da stupirsi che fosse diventato improvvisamente ricco. Dopo quella notte fui ricoverato in ospedale e la causa era sconosciuta, tuttavia sapevo perché mi ero ammalato, ma capii anche che non sarei mai stato in grado di raccontarlo a nessuno, nessuno mi avrebbe creduto.

Ancora oggi mi ricordo di Lui. La sua presenza, il suo volto, la ferita aperta sulla fronte dove ovviamente portava il famoso gioiello con cui era nato, e i suoi poteri. Lo ricordo come il grande Ashwatthama che vagava sulla terra e puniva gli erranti e viveva per sempre come l'Immortale Maledetto.

gli eroi di tinkletown

33

Quell'estate, quando andai a trovare il cugino Harold nel villaggio di Tinklerown, trovai la località cupa e tranquilla. Di recente era scomparso un vecchio e ricco signore di nome Peter Weise! Nessuno sapeva dove fosse andato. L'ultima volta che lo si vide fu il nipote orfano che aveva scattato una Polaroid allo zio, con la sua nuova macchina fotografica. Anche la servitù non sapeva nulla. Era uscito a fare una passeggiata come sempre e non era più tornato! Il nipote denunciò l'accaduto alla polizia, completamente amareggiato. Harold aveva uno zio che lavorava nel dipartimento di polizia ed era riuscito ad avere informazioni riservate sul fatto che la polizia lo aveva cercato dappertutto, infatti avevano visitato anche la William Mansion, nota per essere una casa infestata da William Chardoney, il proprietario, che si era suicidato lì. La casa era antica e costruita nel 1800. Lì avevano trovato la sua valigetta che portava con sé quando era andato a fare una passeggiata quel giorno, ma di lui non c'era traccia.

Quattro di noi, io, Harold, Lewis e Ben, finalmente trovammo il coraggio di visitare la casa per fare le nostre indagini. Non riuscivamo ancora a credere che in 24 ore o poco più avessimo escogitato un piano per esplorare una CASA SPOSATA, per di più proprio in questo villaggio.

La porta d'ingresso era spalancata come al solito. Era la stessa, quando la polizia l'aveva visitata. Sembrava che non ci fosse alcun collegamento con il mondo esterno, come se l'intera casa fosse ancora nel 1800. Non c'erano animali in tutta l'area, nemmeno un uccello. Eravamo tutti un po' agitati, quando improvvisamente Ben ruppe il silenzio.

"Oh, andiamo, non c'è niente lì dentro. È solo una stronzata. Molto probabilmente... Il signor Wiese è stato rapito da altri... E non ha nulla a che fare con la casa". Lewis sembrò un po' irritato.

"Oh, Ben, smettila con le tue conclusioni folcloristiche e prive di fondamento. La polizia ha trovato la valigetta del signor Wiese all'interno della casa ..... Sappiamo tutti che è collegata a questo posto.

"E il signor Smarty Pants", disse Ben, 'come fa a sapere che la valigetta non è stata piazzata?'. A questo punto mi sono ricordato di una cosa! "La valigetta non è stata piazzata, Ben", risposi. Aprii rapidamente l'immagine del giornale sul mio telefono. "Guarda... in questa foto la valigetta ha un cartellino bianco sulla maniglia, ed è lo stesso cartellino che il signor Wiese aveva sulla valigetta quando è stato visto per l'ultima volta nella foto scattata da suo nipote. Entrambe le targhette sono accompagnate da un'immagine. Probabilmente la Polaroid che aveva scattato era con la moglie... Forse la loro ultima foto insieme". La mia deduzione sembrò impressionare tutti e tre i moschettieri.

"Brillante deduzione. Sembra che il tikka masala abbia funzionato... Non è vero Aj?" Ben chiese scherzando.

Dopo questa rapida conversazione... entrammo in casa. Harold era rimasto in silenzio per tutto il tempo... perché aveva paura dei fantasmi. Ma questo non gli impedì di usare la sua intelligenza. Non appena entrammo nella casa, vedemmo che era coperta di ragnatele e polvere. "Accidenti... questa casa deve essere stata abbandonata da duecento anni!". Esclamò Ben. Lewis iniziò a esaminare ogni angolo. Io cercai nella sala da pranzo.... Mentre Ben e Lewis ispezionarono le due camere da letto. Harold sembrava tranquillo e non si muoveva dalla sala principale. In una camera da letto, Ben trovò un grande scaffale pieno di alcolici. "Qualcuno deve essersi bevuto il fegato", disse Ben. Ci incontrammo di nuovo nella sala principale... E come previsto, non trovammo nulla. Stavamo discutendo quando Harold disse: "Vedete ragazzi... Cercate di trovare i grandi dettagli e vi sfuggono quelli piccoli". "E cosa intendi?" Chiesi.

. Lui toccò una ragnatela. "Questa è finta... questa ragnatela è completamente finta e spruzzata con la schiuma... In modo da dare l'illusione che questo posto sia non visitato". Questo è quanto. Finalmente abbiamo iniziato a collegare i puntini.

"Quindi le ragnatele sono finte. Significa che anche le alghe lo sono?". Lewis andò a toccare le alghe.

"Proprio come pensavo... È un falso". "Quindi, qualcuno ha creato una finta casa infestata, qualcuno ha sicuramente usato la reputazione per tenere lontana la gente! Ma per cosa? Non abbiamo trovato nessun dettaglio sul signor Wiese". Dopo aver completato la mia frase, Ben saltò improvvisamente in piedi e fece una giravolta. "Venite con me, compagni". Ci portò nella seconda camera da letto, davanti allo scaffale. "Santo cielo! Come si fa a bere così tanto vino!". Esclamò Lewis.

"Non è questo il punto Lewis", dissi, "questo scaffale è un falso... Ed è una porta. Perché non è collegata al muro... ma come possiamo aprirla?". Ben disse con un respiro veloce. Cominciammo tutti a pensare. Poi, qualcosa mi colpì. "Pensate, non c'è una clip o un chiavistello, quindi probabilmente non si apre in questo modo. Non ha un sensore, quindi non è sicuramente telecomandato".

"Allora cos'è?", dissero tutti e tre in coro. "È semplice", risposi. "Gli unici oggetti di scena presenti qui sono le bottiglie. Quindi, se ne tiriamo una... la porta si aprirà. Ora la domanda è quale. Guardate, nell'Ottocento c'erano molti vini popolari, ma non così popolari come il "Barradas" di Madeira presente nell'angolo in basso a destra".

Così dicendo, lo tirai e lo scaffale si girò immediatamente come una porta. Dietro si apriva una stanza di un solido colore marrone, in cui c'era solo una sedia. "Da quando sei così esperto di vino?", chiese Ben. "Devo aver prestato attenzione al corso di greco", risposi. Questa fu probabilmente l'ultima conversazione che avemmo.

Entrai nella stanza con altri.... e iniziai subito a sentirmi stordito. "Arrree... Ti senti stordito?". Chiese Harold e subito crollò, seguito da Lewis. I miei occhi cominciarono ad annebbiarsi. "No... Non può essere", pensai. Non ricordo nulla di quello che è successo dopo.

Quando i miei occhi si aprirono... vidi un uomo con un cappotto nero in piedi di fronte a me con un sorriso in faccia. Il suo volto sembrava familiare. Il mio amico era dietro di me... Tutti legati e con la bocca tappata. Anch'io ero legato .... Ma la mia bocca era aperta.

"Sicuramente mi riconoscerete… Kiddo" esordì l'uomo. Poi mi colpì. ERA LO STESSO UOMO DEL TELEGIORNALE. Era…
"Sì, sono Joseph Wiese… Il nipote di John Wiese…. Tutto questo …. Tutto questo è stato pianificato da me".

"Ma… Come e perché l'hai fatto? Lui era il tuo non…". Fui interrotto dalla sua risata. "Sei un ragazzino così innocente. Il vecchio rack aveva tenuto per sé tutte le sue proprietà. Stavo aspettando che morisse. Ma quando i miei tre tentativi di avvelenamento sono falliti, ho capito che questo vecchio non sarebbe morto così facilmente. Così l'ho rapito. Ho dato io stesso le indicazioni, e ovviamente… ho fatto finta di non riuscire a sopportare la sua scomparsa e ho pianto, oh quell'ufficiale innocente, sai che quella botta mi ha persino consolato! Ma in ogni caso, non sarà trovato presto e lo avvelenerò lentamente fino alla morte. Come unico parente sopravvissuto avrò l'eredità tra 7 anni. Nel frattempo spedirò questo fossile di zio in una casa di riposo in Russia. Ho già prenotato il suo biglietto e anche il caso si chiuderà ufficialmente a breve. Sono così felice". Tutte queste parole mi disgustarono. "Tu" iniziai "sei un porco. Una vergogna per la tua famiglia. Anche dopo tutto quello che ha passato tuo zio… non hai avuto nemmeno un po' di pietà. E lo chiami per nome? È stato lui a darti una vita così dopo la morte dei tuoi genitori. Dovresti baciargli i piedi". "Oh, stai zitto ragazzo portatile… Non hai visto il mondo. È un posto molto brutto. Non si trovano più persone "gentili". Chi è scaltro, prospera. Gli altri! Vengono spazzati via… come succederà a mio zio. Crescete! E capirai.
"Questo non giustifica il rapimento del tuo stesso sangue. Quello che ti ha cresciuto. Quello che ti ha dato un tetto. Quello che ti ha assicurato di non provare mai il dolore della perdita dei tuoi genitori!".

Joseph sembrava furioso. Potevo vedere le vene della fronte spuntare dalla sua pelle pallida. "Te ne pentirai, ragazzo… Dovrò avvelenarti, a quanto pare…" Sentii delle urla soffocate provenire da dietro. Erano i miei tre moschettieri. Avrebbero affrontato il mio stesso destino. Non potevo credere di aver sprecato quattro vite. Non potrò mai perdonarmi. Sentii dei tonfi. "Oh, il mio zio pazzo sta di nuovo bussando alla porta della stanza!". Joseph sbottò voltandosi verso una piccola botola sulla parete di fondo della stanza, ma sembrava che non fosse il signor Wiese a battere, poiché il suono proveniva dalla porta principale!

È stato proprio il signor Walter, il nostro ufficiale in carica, ad aprire la porta d'ingresso e ad entrare con gli agenti armati. "Signor Joseph Wiese, lei è in arresto per aver rapito e presumibilmente avvelenato suo zio. Ha il diritto di rimanere in silenzio".

Joseph rimase ammutolito. Cercò di fare finta di niente: "Agente, si sta sbagliando. Sono venuto a indagare e ho trovato questi ragazzi legati qui. Li stavo aiutando". "Basta con le stronzate" disse l'agente. Abbiamo sentito il suo cosiddetto 'piano' attraverso il nostro registratore... pensa che siamo così sciocchi?".

Registratore? Come diavolo faceva a esserci un registratore? Ma poi capii... Perché Harold era così silenzioso! Perché "all'improvviso" aveva con sé uno zaino nero e lucido?

Sembrava che avesse già contattato la polizia tramite suo zio, anch'egli poliziotto, che gli aveva consigliato di portare con sé il registratore. Joseph ha commesso un grosso errore sottovalutando noi ragazzi e non si è preparato. E ha dovuto pagare per questo.
Il vecchio signor Wiese fu liberato e noi fummo ringraziati in modo speciale dal governo. Il giorno dopo eravamo sui giornali. È stato un sogno che si è avverato. Il nostro coraggio ci ha aiutato a identificare un criminale e a salvare la vita di un uomo! È stato meraviglioso. E... Ci ha fatto fare un'esperienza che ha dato il via a un sacco di cose nuove. Questo è stato davvero l'inizio di qualcosa, la nostra squadra di investigatori di Tinkletown!

Capitolo 1: L'invito

Nell'abbraccio del crepuscolo, mentre il sole iniziava la sua discesa, proiettando lunghe ombre sulla pittoresca cittadina, il telefono di Ronald squillò con un invito inaspettato. Era del suo caro amico Ethan, che aveva sempre avuto uno spirito avventuroso.

"Ehi, Ethan", rispose Ronald, con la voce carica di curiosità.

"Ronald, sono io!". Esclamò Ethan, con la voce che crepitava per l'eccitazione. "I miei genitori sono fuori città stasera e io faccio un pigiama party. Ci stai?".

Un'ondata di gioia scorreva nelle vene di Ronald. I pigiama party con Ethan erano sempre pieni di risate, scherzi e il brivido di avventure proibite. "Certo, ci sto!" rispose entusiasta.

"Fantastico!" Disse Ethan. "Porta degli spuntini e delle bevande. Io farò preparare i giochi e i film. "Ronald riagganciò il telefono e non riuscì a contenere la sua eccitazione. Erano settimane che non vedeva l'ora di fare un pigiama party con Ethan e ora finalmente stava accadendo. Con un sorriso malizioso, prese una borsa e cominciò a riempirla con un assortimento di pizze, hamburger, bibite fresche, patatine e altre leccornie. Mentre si dirigeva verso la casa di Ethan, l'aria della sera era densa di aspettative. La luna era alta nel cielo e proiettava un'inquietante luce sulla città. Ronald non riusciva a liberarsi della sensazione che qualcosa di straordinario stesse per accadere. Arrivato a casa di Ethan, Ronald fu accolto dal suono della musica ad alto volume e dall'odore di cibo appena cucinato. Ethan aprì la porta con un ampio sorriso e tirò dentro Ronald.

"Benvenuto, amico mio!" disse Ethan, dando il cinque a Ronald.

"La festa è appena cominciata".

Capitolo 2: Il pigiama party

Quando l'oscurità avvolse il quartiere, Ronald e io ci sistemammo nella sua accogliente camera da letto per una notte di sonno e baldoria. L'aria crepitava di attesa mentre aspettavamo l'arrivo del nostro banchetto gastronomico. Pochi istanti dopo, il campanello suonò e Ronald corse ad aprire. Un fattorino era in piedi sulla soglia, carico di un assortimento di delizie culinarie. Con impazienza portammo la merce in camera e la stendemmo sul letto. Le scatole di pizza, piene di formaggio fuso e di condimenti saporiti, ci chiamavano. Gli hamburger, succulenti e appetitosi, stuzzicavano le nostre papille gustative. Le bevande fredde, con la loro condensa scintillante, promettevano di placare la nostra sete. E le patatine fritte, dorate e irresistibili, completavano la nostra sinfonia culinaria. Con appetito famelico, divorammo il nostro banchetto.

I tranci di pizza scomparvero con una velocità allarmante, lasciando solo resti unti sulle nostre dita. Gli hamburger sono stati demoliti con altrettanto entusiasmo, con i loro succhi saporiti che ci colavano sul mento. Mentre ci abbandonavamo alla nostra stravaganza culinaria, la conversazione scorreva senza sforzo. Abbiamo condiviso le storie della nostra infanzia, le nostre speranze e i nostri sogni e le nostre paure segrete. Risate e cameratismo hanno riempito la stanza, creando un'atmosfera di calore e intimità.

Con il passare della notte, i nostri livelli di energia cominciarono a diminuire. Ci distendemmo sul letto, con la pancia piena e lo spirito soddisfatto. Il dolce bagliore della lampada da comodino gettava una luce calda e invitante, cullandoci in uno stato di sonnolenza. Una dopo l'altra, le palpebre si sono fatte pesanti e il respiro è diventato superficiale. I suoni del mondo esterno si sono affievoliti in un ronzio lontano, sostituito dal battito ritmico dei nostri cuori. Mentre l'oscurità ci avvolgeva, andammo alla deriva nel regno dei sogni, dove gli orrori che ci attendevano nel vecchio cimitero erano ancora sconosciuti.

Capitolo 3: I giochi

Quando il sole iniziò a scendere, proiettando lunghe ombre sul cortile di Ronald, ci ritrovammo senza più nulla per occupare il nostro tempo. Il controller della PlayStation giaceva inattivo sul divano e le scatole della pizza erano vuote. "Ehi", suggerì Ronald, rompendo il silenzio, 'facciamo qualche partita'.

"Annuii in segno di assenso. "Certo, cosa hai in mente?". Ronald sorrise. "Ho un mazzo di carte in camera. Che ne dici di giocare a poker?".

Recuperammo le carte e ci sistemammo sul divano. Non appena distribuimmo le prime mani, l'atmosfera nella stanza si trasformò. Le risate e le chiacchiere delle ore precedenti svanirono, sostituite da un'attenzione tesa. Giocammo per ore, la posta in gioco aumentava a ogni partita. Ronald si dimostrò un avversario formidabile: la sua arguzia e il suo occhio attento ai bluff gli davano un netto vantaggio. Riuscii a vincere alcune mani, ma Ronald si impose costantemente.

Con il passare della serata, passammo ai videogiochi. La PlayStation 4 di Ronald conteneva un tesoro di titoli e non potevamo resistere a immergerci nei mondi virtuali che offrivano. Abbiamo combattuto contro gli zombie in Call of Duty, abbiamo corso con le auto in Forza Horizon e ci siamo sfidati in partite online di Fortnite. Il tempo volava mentre ci immergevamo nei regni digitali. Il mondo esterno sembrava svanire, sostituito dai paesaggi vibranti e dall'azione adrenalinica sullo schermo. Abbiamo urlato, riso e imprecato mentre affrontavamo le sfide e celebravamo le nostre vittorie. Alla fine, quando l'orologio ha superato la mezzanotte, ci siamo resi conto che non potevamo più restare svegli. I giochi ci avevano esaurito, sia fisicamente che mentalmente. Con le palpebre pesanti, inciampammo nei nostri piedi e ci dirigemmo verso la camera di Ronald. Quando ci sdraiammo sul letto, non potei fare a meno di provare un senso di soddisfazione. La notte era stata piena di risate, di emozioni e dell'incrollabile legame di amicizia. Mentre mi addormentavo, sapevo che i ricordi di questo pigiama party mi avrebbero accompagnato per tutta la vita.

Capitolo 4: Il suggerimento

Con il passare della notte, l'eccitazione della serata cominciò a diminuire. Avevamo esaurito tutte le opzioni di gioco e cominciavamo a sentirci inquieti.

"Cosa facciamo adesso?" Chiese Ronald, con il volto segnato dalla noia. Rimanemmo in silenzio per un momento, contemplando le nostre opzioni. All'improvviso, gli occhi di Ronald si illuminarono. "Ehi, ho un'idea", esclamò. "Andiamo a vedere il vecchio cimitero!". Sbattei le palpebre per la sorpresa. "Il cimitero? A quest'ora?".

"Sì, perché no?". Ronald alzò le spalle. "Non c'è nessuno lì. "Un brivido mi corse lungo la schiena al pensiero di avventurarmi in un cimitero nel cuore della notte. Ma non potevo negare il fascino dell'ignoto.

"Va bene", dissi esitante. "Ma facciamo in fretta". Ronald sorrise. "Non preoccuparti, saremo di ritorno prima che tu te ne accorga. "Con questo, prendemmo le nostre giacche e ci avviammo verso la fresca aria notturna. Il cimitero era a pochi passi dalla casa di Ronald, ma l'oscurità sembrava chiudersi intorno a noi mentre ci avvicinavamo. Quando raggiungemmo i cancelli in ferro battuto, una folata di vento li fece sbattere dietro di noi, facendoci sentire un brivido nel corpo. Rimanemmo lì per un momento, ascoltando l'inquietante silenzio.

"Sei sicuro?" Sussurrai. "Non fare il bambino", disse Ronald. "È solo un cimitero. "Aprì i cancelli e entrammo. La luce della luna proiettava un bagliore etereo sulle lapidi, creando un'atmosfera ultraterrena. Vagammo tra le file di tombe, leggendo i nomi e le date incise sulla pietra. Alcune tombe erano antiche, con le iscrizioni sbiadite dal tempo. Altre erano più recenti, con fiori freschi che le adornavano. Mentre camminavamo, non riuscivo a liberarmi della sensazione di essere osservata. Mi guardavo alle spalle ogni pochi passi, aspettandomi di vedere qualcosa in agguato nell'ombra.

All'improvviso, Ronald si fermò. "Guardate", disse, indicando una lapide particolarmente grande ed elaborata.

Ci avvicinammo alla tomba e leggemmo l'iscrizione: "Qui giace William Blackwood, il famigerato ladro di tombe. Che la sua anima trovi pace". Un brivido mi corse lungo la schiena. Avevo sentito delle storie su William Blackwood, un uomo che era stato impiccato per aver rubato delle tombe. Si diceva che il suo fantasma infestasse ancora il cimitero, alla ricerca dei suoi tesori perduti. "Andiamocene da qui", dissi, con la voce che mi tremava. Ma Ronald non si scompose. "Non essere sciocco", disse. "È solo una storia. "Allungò la mano e toccò la lapide. Quando le sue dita sfiorarono la pietra fredda, un debole bagliore emanò dalla tomba. Entrambi sussultammo per la sorpresa e facemmo un salto indietro.

"Che cos'è stato?" Chiesi.

Ronald scosse la testa. "Non lo so", disse. "Ma credo che dovremmo andarcene". E con questo ci girammo e corremmo fuori dal cimitero, con i cancelli che si aprirono come per magia.

Capitolo 5: Il cimitero

Mentre l'oscurità avvolgeva la città, Ronald e io intraprendemmo la nostra inquietante avventura verso il vecchio cimitero. L'aria si fece pesante di attesa mentre ci avvicinavamo ai cancelli in ferro battuto, i cui cardini scricchiolavano come un sinistro benvenuto. Ci addentrammo nel terreno sacro e i nostri passi risuonarono tra le lapidi silenziose. La luna gettava un bagliore etereo sulle tombe, proiettando ombre lunghe e minacciose che danzavano e si contorcevano nella penombra.

Vagammo senza meta, con gli occhi che scrutavano le iscrizioni rovinate dalle intemperie. Nomi e date dimenticati da tempo ci fissavano, un agghiacciante promemoria del passare del tempo. Man mano che ci addentravamo nel cimitero, l'aria si faceva più fredda e un senso di inquietudine mi assaliva. All'improvviso, un rumore ruppe il silenzio. Un leggero graffio sembrava provenire da dietro una delle lapidi. Ci bloccammo, con il cuore che ci batteva nel petto. Lentamente ci avvicinammo alla fonte del rumore. Quando sbirciammo intorno alla lapide, sussultammo per l'orrore. Lì, a terra, c'era un teschio umano. Le sue orbite vuote ci fissavano, piene di un vuoto inquietante. Siamo inciampati all'indietro, con la mente sconvolta dalla macabra scoperta. La paura ci spinse ad andare avanti e corremmo più veloce che le nostre gambe potessero portarci. Il cimitero sembrava chiudersi intorno a noi, le lapidi come sentinelle silenziose che testimoniavano il nostro terrore.

Finalmente raggiungemmo i cancelli e li varcammo, ansimanti e senza fiato.

Capitolo 6: Il terrificante incontro

Mentre fuggivamo attraverso il cimitero invaso dalla vegetazione, l'oscurità ci avvolgeva come una coperta soffocante. I nostri respiri si facevano affannosi mentre inciampavamo sul terreno sconnesso, cercando disperatamente di sfuggire agli orrori di cui eravamo stati testimoni. All'improvviso, un urlo penetrante riecheggiò nella notte, facendoci rabbrividire. Ci bloccammo sulle nostre tracce, con gli occhi che si muovevano alla ricerca della fonte. Una brezza fredda attraversò gli alberi, portando con sé un lieve sussurro che sembrava chiamare i nostri nomi. La paura ci attanagliava la mente mentre ci avvicinavamo cautamente alla direzione del grido. Quando ci avvicinammo a un'imponente lapide, ci trovammo di fronte a uno spettacolo che ci raggelò fino alle ossa. Lì, nella luce tremolante della luna, si ergeva una figura ombrosa. La sua forma era alta ed emaciata, i suoi occhi brillavano con un'intensità ultraterrena. Le sue lunghe dita ossute si protendevano verso di noi, come se volesse trascinarci nelle profondità dell'oscurità. Emettemmo un sussulto collettivo e inciampammo all'indietro, inciampando in un ramo caduto. Mentre giacevamo a terra, impotenti e terrorizzati, la figura avanzava lentamente. I suoi passi riecheggiavano nel cimitero silenzioso, e ogni passo trasmetteva un'ondata di terrore nei nostri corpi.

"Correte!" Ethan sussurrò rauco. Con rinnovata disperazione, ci rimettemmo in piedi e fuggimmo ancora una volta. Ma la figura ci inseguiva senza sosta, con movimenti rapidi e silenziosi. Potevamo sentire il suo respiro pesante dietro di noi, sempre più forte ogni momento che passava. Quando raggiungemmo il limite del cimitero, ci rendemmo conto che il cancello era chiuso. Il panico ci assalì mentre cercavamo freneticamente una via d'uscita. Ma non c'era scampo. La figura ci aveva messo all'angolo.

Capitolo 7: La storia infestata

Mentre ci allontanavamo dal macabro teschio, non riuscivamo a liberarci della sensazione di essere incappati in qualcosa di veramente sinistro. Il cimitero sembrava chiudersi intorno a noi, le sue antiche pietre sussurravano segreti che non riuscivamo a decifrare. Determinati a svelare il mistero, ci avvicinammo a una donna anziana seduta su una panchina lì vicino. I suoi occhi avevano uno sguardo distante, come se avesse assistito a innumerevoli orrori in questi luoghi sacri. "Mi scusi, signora", esordì Ronald, con la voce tremante. "Sa qualcosa del teschio che abbiamo appena trovato?". La donna sospirò e ci guardò con pietà.

"Ah, sì, il teschio del povero vecchio Samuel. Era il custode di questo posto molti anni fa, un'anima gentile e mite. Ma una notte fatale fu brutalmente ucciso da un gruppo di vandali". "La sua voce si abbassò a un sussurro. "Si dice che il suo fantasma infesti ancora il cimitero, cercando di vendicarsi di coloro che gli hanno fatto un torto". Un brivido ci corse lungo la schiena. La leggenda del fantasma di Samuel era stata tramandata per generazioni, ma non le avevamo mai dato molto credito. Ora, con la macabra scoperta del suo cranio, tutto sembrava così reale. "C'è qualcosa che possiamo fare per aiutare?". Chiesi, con voce appena superiore a un mormorio.

La donna scosse la testa con tristezza. "Samuel non avrà pace finché il suo assassino non sarà assicurato alla giustizia. Ma i vandali non sono mai stati catturati e la loro identità rimane un mistero". Quella sera, mentre lasciavamo il cimitero, le ombre sembravano danzare e il vento sussurrava segreti che non potevamo capire. La storia tormentata del fantasma di Samuel indugiava nelle nostre menti, gettando un'ombra scura sui nostri cuori. In quella situazione non ci è venuto in mente che è molto strano incontrare a quell'ora della notte un'anziana signora che risponde con calma alle nostre domande.

Capitolo 8: La fuga dal cimitero

I nostri cuori battevano nel petto mentre incespicavamo nell'oscurità, cercando disperatamente di sfuggire alle grinfie del cimitero infestato. L'inquietante silenzio era rotto solo dal suono dei nostri respiri affannosi. Mentre correvamo, le lapidi sembravano confondersi in forme grottesche, le loro ombre danzavano e si contorcevano intorno a noi. La paura ci spingeva in avanti, le gambe bruciavano per la stanchezza. All'improvviso, una mano fredda sfiorò la spalla di Ronald. Urlò e inciampò, quasi cadendo. Allungai la mano per afferrarlo, ma le sue dita scivolarono nell'oscurità. "Ronald!" Gridai. Ma non ci fu risposta. Il panico mi assalì quando capii che Ronald era sparito. Cercai freneticamente nei dintorni, ma il mio amico era svanito nel nulla. Con il cuore pesante, sapevo che dovevo continuare senza Ronald. Corsi con rinnovata determinazione, scrutando ogni ombra in cerca di un segno di pericolo. Quando mi avvicinai alla curva che si allontanava dal Vicolo del Cimitero, un debole bagliore apparve in lontananza. Era la luce dei lampioni, un faro di sicurezza che sembrava lontano una vita. Con le mie ultime forze, mi slanciai in avanti e sfondai i cancelli. Mi accasciai sul marciapiede, boccheggiando. Mentre giacevo lì, con il corpo che tremava per la stanchezza e la paura, non riuscivo a togliermi di dosso la sensazione che qualcosa di sinistro si nascondesse ancora nell'ombra del cimitero. Ma per il momento ero al sicuro. Ero sfuggito al macabro cimitero, ma gli orrori a cui avevo assistito avrebbero per sempre tormentato i miei incubi. Quella che era iniziata come un'avventura si era conclusa con un macabro incidente e non avrei mai saputo cosa fosse successo a Ronald. Dovevo essermi addormentato perché al mio risveglio vidi un gruppo di persone che mi fissavano con aria interrogativa. Guardando un poliziotto nel gruppo, saltai in piedi e raccontai la mia storia chiedendogli di cercare Ronald. Mentre la ricerca procedeva, un agente mi guardò e mi chiese di descrivere l'anziana signora. Dopo aver ascoltato quel poco che potevo dire, annuì e disse: "Sembra Martha, la moglie di Samuel, ma anche lei è morta un anno fa di crepacuore!". Prima che potessi elaborare l'informazione, fummo allertati da un urlo del gruppo di ricerca e, mentre mi avvicinavo all'area che stavano circondando, la forma flaccida di Ronald divenne visibile! Era morto di freddo, il volto ancora contorto dalla paura e gli occhi sporgenti come se avesse visto un fantasma!

www.ingramcontent.com/pod-product-compliance
Lightning Source LLC
LaVergne TN
LVHW061627070526
838199LV00070B/6604